Arthur Conan Doyle

Le Malade à demeure

Texte et illustration de couverture : © domaine public
Edition : Culturea (Hérault, 34)
Contact : infos@culturea.fr
Retrouvez notre catalogue sur http://culturea.fr
Imprimé en Allemagne par Books on Demand
Design typographique : Derek Murphy
Layout : Reedsy (https://reedsy.com/)

Dépôt légal : janvier 2023

ISBN : 9791041927449

Table des matières

Le malade à demeure

En jetant un regard sur la série un peu décousue des Mémoires dont je me suis efforcé d'illustrer quelques-unes des particularités intellectuelles de mon ami Sherlock Holmes, j'ai été frappé par la difficulté que j'ai éprouvée pour choisir les exemples qui répondent en tout point à mon objet. En effet, dans bien des affaires où Holmes a accompli quelques tours de force de raisonnement analytique et où il a démontré la valeur de ses singulières méthodes d'investigation, les faits eux-mêmes étaient souvent si insignifiants ou si banals que je ne m'estimais pas en droit de les mettre sous les yeux du public. D'autre part, il est fréquemment arrivé qu'il s'est intéressé à quelque enquête où les faits ont revêtu un caractère tout à fait remarquable et dramatique, mais où la part qu'il a prise à en déterminer les causes a été moins prédominante que son biographe ne le souhaiterait. La petite affaire que j'ai racontée sous le titre d'*Une étude en rouge*, et plus tard cette autre associée à la perte du Gloria Scott peuvent servir d'exemple des dangers qui menacent toujours son historien. Il se peut que dans l'affaire que je vais maintenant relater son rôle ne fût pas suffisamment marqué ; et pourtant toute la suite des circonstances est si remarquable que je ne puis me résoudre à l'omettre de cette série de Mémoires.

Cette journée d'octobre avait été lourde et pluvieuse. « Temps malsain, Watson, me dit mon ami ; mais le soir a rapporté la brise avec lui. Que dites-vous d'une excursion à travers Londres ?... »

J'étais las de notre petit studio et j'acceptai avec plaisir. Pendant trois heures nous avons erré ensemble, considérant le kaléidoscope toujours changeant de la vie qui afflue et reflue dans Fleet Street et le Strand. La conversation caractéristique de Holmes avec son observation pénétrante du détail et sa subtile puissance de déduction ne cessèrent de m'amuser et de me charmer.

Il était 10 heures quand nous sommes rentrés à Baker Street. Un coupé attendait à notre porte.

– Hum ! Une voiture de docteur ; médecine générale, à ce que je vois, dit Holmes. N'exerce pas depuis longtemps, mais a eu pas mal à faire. Venu pour nous consulter, je suppose. Une chance que nous soyons rentrés.

J'étais assez familier avec les méthodes de Holmes pour pouvoir suivre son raisonnement et voir que la nature et l'état des divers instruments médicaux qui se trouvaient dans la corbeille en osier suspendue près de la lampe à l'intérieur du coupé lui avaient fourni les données de sa rapide déduction. La lumière à notre fenêtre, là-haut, montrait que cette tardive visite nous était, en effet, bien destinée. Assez curieux de savoir ce qui pouvait nous amener un confrère à pareille heure, j'ai suivi Holmes dans notre sanctuaire.

Un homme pâle, dont le visage mince et allongé s'encadrait de favoris blonds, se leva d'une chaise près du feu quand nous entrâmes. Il ne pouvait avoir plus de trente ou trente-quatre ans, mais son air hagard et son teint maladif révélaient une existence qui, en minant ses forces, lui avait enlevé sa jeunesse. Sa manière d'être était nerveuse et timide comme celle d'un mondain trop sensible, et la main blanche et mince qu'il posa sur la cheminée en se levant était celle d'un artiste plutôt que d'un chirurgien. Ses vêtements étaient discrets et sombres : une redingote noire, pantalon foncé et un soupçon de rouge dans la cravate.

– Bonsoir, docteur, dit Holmes d'une voix allègre. Je suis heureux de voir que vous n'avez attendu que quelques minutes à peine.

– Vous avez donc parlé à mon cocher ?

– Non, c'est la bougie sur ce buffet qui m'a renseigné. Je vous en prie, reprenez votre siège et dites-moi en quoi je puis vous être utile.

– Je suis le docteur Percy Trevelyan et je demeure au 403 de Brook Street.

– N'êtes-vous pas l'auteur d'une monographie sur les lésions nerveuses obscures ? demandai-je.

Ses joues pâles rougirent de plaisir lorsqu'il apprit que je connaissais son œuvre.

– J'entends si rarement parler de cet ouvrage que je le croyais bien mort, dit-il. Ce que mes éditeurs me disent de sa vente me décourage tout à fait. Vous êtes vous-même médecin, je suppose ?

– Chirurgien militaire en retraite.

– J'ai toujours eu un faible pour les maladies nerveuses. Je voudrais en faire tout à fait ma spécialité, mais, naturelle ment, il faut d'abord prendre ce qu'on peut avoir. Toutefois tout cela est à côté de la question, monsieur Sherlock Holmes, et j'apprécie fort bien à quel point votre temps est précieux. Le fait est qu'une série d'événements très singuliers se sont déroulés récemment chez moi, dans Brook Street ; c'en est arrivé ce soir à un tel degré que j'ai senti qu'il m'était absolument impossible d'attendre une heure de plus avant de vous demander votre avis et votre aide.

Sherlock Holmes s'assit et alluma sa pipe.

– Vous êtes bienvenu pour l'un et pour l'autre, dit-il ; je vous en prie, faites-moi le récit détaillé des circonstances qui vous ont inquiété.

– Il y en a une ou deux qui sont si triviales, vraiment, que j'ai presque honte de les mentionner. Mais la chose est tellement inexplicable et le tour récent que cela a pris est si compliqué que je vous exposerai tout pour que vous jugiez ce qui est essentiel et ce qui ne l'est pas.

« Je suis obligé, pour commencer, de dire quelque chose de ma carrière d'étudiant. Je suis sorti de l'université de Londres, vous le savez, et je suis sûr que vous ne me croirez pas en quête de louanges déplacées si je dis que mes professeurs considéraient ma carrière d'étudiant comme vraiment pleine de promesses. Mes études terminées, j'ai continué de me consacrer à des recherches ; tout en n'occupant qu'une position secondaire à King's College Hospital, je fus assez heureux pour susciter un intérêt considérable par mes recherches sur la pathologie de la catalepsie et pour remporter finalement le prix et la médaille Bruce Pinkerton avec cette monographie sur les lésions nerveuses à laquelle votre ami a fait allusion tout à l'heure. Je n'exagérerais pas si je disais qu'à ce moment-là l'impression générale était qu'une carrière remarquable s'ouvrait devant moi.

« Mais la grosse pierre d'achoppement pour moi, c'était le manque de capitaux. Comme vous le comprendrez facile ment, un spécialiste qui a de hautes visées est contraint de débuter dans l'une quelconque de cette douzaine de rues du quartier de Cavendish Square, qui toutes impliquent des loyers énormes et de grands frais d'installation. En plus de ces dépenses préliminaires, il faut qu'il soit préparé à subvenir à ses besoins pendant quelques années et à louer une voiture et un cheval présentables. Tout cela était au-delà de mes moyens et je pouvais tout au plus espérer qu'en économisant il me serait possible, en une dizaine d'années, de mettre assez d'argent de côté pour m'établir. Tout à coup, cependant, un incident inattendu m'ouvrit une perspective toute nouvelle.

« Ce fut la visite d'un certain M. Blessington qui m'était complètement inconnu. Il entra dans mon cabinet un matin et, tout de suite, se lança à fond dans son sujet.

« – Vous êtes bien, dit-il, Percy Trevelyan qui a eu une carrière si distinguée et a obtenu un grand prix il n'y a pas longtemps ?

« Je m'inclinai.

« – Répondez-moi franchement, continua-t-il, vous verrez que c'est votre intérêt. Vous avez toute l'habileté qui fait qu'un homme réussit, mais possédez-vous le doigté ?

« Je ne pus m'empêcher de sourire de la brusquerie de cette question.

« – J'espère, dis-je, en avoir ma part.

« – Pas de mauvaises habitudes ? Pas de penchant pour la boisson, hein ?

« – Mais, monsieur !... m'écriai-je.

« – Bon, bon ! ça va très bien ! mais il fallait que je le demande. Avec toutes ces qualités, pourquoi n'avez-vous pas une grande clientèle ?

« J'ai haussé les épaules.

« – Allons Allons ! dit-il de sa manière agitée. C'est de la vieille histoire. Plus de cervelle dans la tête que d'argent dans la poche, hein ? Que diriez-vous si je vous lançais dans Brook Street ?

« Je le regardai stupéfait.

« – Ah ! je le ferais pour moi et non pour vous, s'écria-t-il. Je veux être tout à fait franc avec vous et, si ça vous convient, ça me conviendra à merveille. J'ai quelques milliers de livres à placer, voyez-vous, et je crois bien que je les placerai sur vous à fonds perdu.

« – Mais pourquoi ? ai-je balbutié.

« – Eh bien ! c'est une spéculation comme une autre, et plus sûre que bien d'autres.

« – Que faut-il donc que je fasse ?

« – Je vais vous le dire. Je prendrai la maison, je la meublerai, je paierai le personnel et je me chargerai de tout. Tout ce que vous aurez à faire, ce sera de rester assis sur votre chaise dans votre cabinet de consultation. Je vous donnerai l'argent de poche et le nécessaire. Par contre, vous me passerez les trois quarts de vos gains et vous garderez l'autre quart pour vous.

« Voilà, monsieur Holmes, l'étrange proposition avec laquelle cet homme Blessington m'aborda. Je ne vous ennuierai pas en vous racontant comment nous avons négocié et fait affaire. Cela finit ainsi : à l'Assomption suivante, j'ai emménagé dans la maison et j'ai ouvert mon cabinet à très peu de chose près dans les conditions qu'il avait suggérées. Lui-même est venu dans la maison comme malade à demeure. Son cœur était faible, semble-t-il, et il avait besoin d'une surveillance médicale constante. Il aménagea les deux meilleures pièces du premier en studio et en chambre à coucher pour son usage personnel. Homme aux habitudes singulières, il évitait la société et sortait très peu. Sa vie était irrégulière, mais sous un seul rapport il était la régularité même. Chaque soir, à la même heure, il venait dans mon cabinet de consultation, examinait les livres, déposait sur le bureau cinq shillings et trois pences pour chaque guinée que j'avais gagnée et emportait le reste dans son coffre-fort, dans sa chambre.

« Je peux dire en toute confiance qu'il n'a jamais eu l'occasion de regretter sa spéculation. Dès le début ce fut un succès.

Quelques cas intéressants et la réputation que j'avais acquise à l'hôpital me mirent rapidement en vedette et, depuis un an ou deux, j'ai fait de lui un homme riche.

« En voilà assez, monsieur Holmes, sur mon passé et mes relations avec M. Blessington. Il ne me reste à présent qu'à vous dire ce qui est survenu pour m'amener ici ce soir.

« Il y a quelques semaines, M. Blessington descendit chez moi, dans un état, me semble-t-il, de très grande agitation. Il me parla d'un cambriolage qui, disait-il, avait été commis dans le West End. Il me parut, je m'en souviens, tout à fait inutilement surexcité à ce sujet et annonça qu'il ne se passerait pas un jour avant que nous ne fassions poser des verrous plus forts aux portes et aux fenêtres. Toute une semaine, il demeura dans un singulier état d'agitation ; il regardait sans cesse par la fenêtre et avait renoncé à la petite promenade qui, d'ordinaire, préludait à son dîner. Son attitude me suggéra qu'il avait une peur mortelle de quelque chose ou de quelqu'un, mais quand je lui posai une question, il se montra si désagréable que je fus forcé de laisser tomber le sujet. Peu à peu, avec le temps, ses craintes semblèrent se dissiper et il avait repris ses anciennes habitudes quand un nouvel événement le réduisit au pitoyable état de dépression dans lequel il se trouve à présent. Ce qui est arrivé est ceci. Il y a deux jours j'ai reçu la lettre que je vais vous lire. Elle ne porte ni adresse ni date :

« "Un noble Russe, qui séjourne présentement en Angleterre, serait heureux de profiter de l'aide professionnelle du Percy Trevelyan. Il est depuis quelques années sujet à des crises de catalepsie et on sait que le Dr Trevelyan fait autorité en la matière. Il se propose de lui rendre visite demain vers 6 h 15, si le Dr Trevelyan peut sans inconvénient se trouver chez lui."

« Cette lettre m'a profondément intéressé, parce que la principale difficulté dans l'étude de la catalepsie, c'est la rareté de la maladie. Vous croirez donc sans peine que j'étais dans mon cabinet de consultation quand, à l'heure fixée, mon jeune domestique introduisit le malade.

« C'était un homme d'âge mûr, mince, d'allure modeste et banale – nullement l'idée qu'on se fait d'un noble Russe. Je fus bien plus frappé par l'aspect de son compagnon. Celui-ci était un homme jeune, grand, d'une beauté remarquable, avec une figure sombre, pleine de feu, les membres et la poitrine d'un hercule. Il avait, pour entrer, passé sa main sous le bras de l'autre et il l'aida à s'asseoir avec une tendresse qu'on n'aurait guère attendue d'un homme de son aspect.

« – Vous m'excuserez d'entrer, docteur, dit-il en anglais avec un léger zézaiement, monsieur est mon père et sa santé est pour moi de la plus haute importance.

« Je fus touché par cette anxiété filiale.

« – Peut-être désireriez-vous rester pendant la consultation ? dis-je.

« – Non, pour rien au monde, fit-il avec un geste d'horreur. Cela m'est plus pénible que je ne saurais le dire. Si je devais voir mon père dans une de ces terribles crises, je suis convaincu que je n'y survivrais pas. Mon propre système nerveux est d'une sensibilité exceptionnelle. Avec votre permission, je resterai dans la salle d'attente, pendant que vous étudierez le cas de mon père.

« A cela, bien entendu, j'ai consenti, et le jeune homme s'est retiré.

« Le malade et moi nous nous sommes alors plongés dans la discussion de son cas et j'ai pris quantité de notes. Il n'était pas d'une intelligence remarquable et me faisait souvent des réponses embrouillées que j'attribuais à sa connaissance restreinte de notre langue. Soudain, pendant que j'étais assis, en train d'écrire, il cessa tout à fait de répondre à mes questions et, quand je me tournai vers lui, je fus saisi de voir qu'assis, droit et raide sur sa chaise, il me regardait avec un visage d'une rigidité parfaitement inexpressive. Il était une fois de plus la proie de sa mystérieuse maladie.

« Ce que j'ai d'abord éprouvé, je viens de le dire, ce fut de la pitié et de l'horreur. En second lieu, ce fut, j'en ai peur, une satisfaction professionnelle. J'ai noté les pulsations et la température de mon malade, j'ai éprouvé la rigidité de ses muscles, examiné ses réflexes. Il n'y avait, dans l'ensemble, rien de sensiblement anormal et toutes les observations concordaient avec mes expériences passées. J'avais, dans des cas semblables, obtenu de bons résultats par l'inhalation de nitrite d'annyle et ce me semblait une admirable occasion d'en éprouver une fois encore les vertus. Le flacon se trouvait en bas, dans mon laboratoire ; laissant donc mon malade assis sur sa chaise, je courus le chercher. J'ai un peu tardé à le trouver – mettons cinq minutes – puis je suis revenu. Jugez de mon étonnement en constatant que la pièce était vide et le malade disparu.

« Naturellement, la première chose que je fis fut de courir dans la salle d'attente. Le fils aussi était parti. La porte du vestibule avait été tirée, mais non fermée. Le garçon qui introduit les clients est nouveau et nullement prompt. Il attend en bas et monte pour faire sortir tes malades, quand je sonne de mon cabinet. Il n'avait rien entendu et l'affaire demeura tout à fait mystérieuse. M. Blessington est rentré peu après mais je ne lui en ai pas soufflé mot, car, à dire vrai, j'en suis venu depuis quelque temps à communiquer avec lui aussi peu que possible.

« Eh bien ! Je pensais certes ne jamais revoir le Russe et son fils, aussi vous pouvez imaginer mon étonnement quand, ce soir, exactement à la même heure, ils sont entrés dans mon cabinet, juste comme ils l'avaient fait auparavant.

« – Je sens que je vous dois mille excuses pour mon brusque départ d'hier, docteur, dit mon malade.

« – J'avoue que j'en ai été très surpris, dis-je.

« – Le fait est que lorsque je me remets de ces attaques, mon esprit est un peu brouillé en ce qui concerne tout ce qui a précédé. Je me suis éveillé dans une pièce inconnue (à ce qu'il m'a semblé) et en une sorte de transe éblouie, je suis sorti dans la rue pendant que vous étiez parti.

« – Et moi, dit le fils, en voyant mon père franchir le seuil de la salle d'attente, j'ai cru, tout naturellement, que la consultation était terminée. Ce ne fut qu'une fois rentré à la maison, que j'ai commencé de me rendre compte du véritable état de choses.

« – Fort bien, dis-je en riant ; il n'y a pas de mal, si ce n'est que vous m'avez terriblement intrigué ; si donc vous voulez bien passer dans la salle d'attente, je serai heureux de reprendre la consultation qui s'est terminée si brusquement.

« Pendant une demi-heure à peu près, j'ai discuté de ses symptômes avec le vieux monsieur, puis après lui avoir fait une ordonnance, je l'ai vu s'en aller au bras de son fils.

« Je vous ai dit que M. Blessington choisissait en général cette heure de la journée pour prendre un peu d'exercice. Il rentra peu après et monta chez lui. Un instant plus tard, je l'entendis dégringoler l'escalier et il entra dans mon cabinet comme un homme que la panique a rendu fou.

« – Qui est allé dans ma chambre ? cria-t-il.

« – Personne, dis-je.

« – C'est un mensonge ! hurla-t-il. Venez voir.

« Je ne fis pas attention à la grossièreté de ses propos, car la peur semblait lui faire perdre à moitié la tête. Je suis monté avec lui, et il m'a montré plusieurs empreintes de pied sur le tapis de couleur claire.

« – Vous n'allez pas me dire que ce sont là les traces de mes pas ? cria-t-il.

« Beaucoup plus grandes, certes, que celles qu'il aurait pu laisser, elles étaient évidemment toutes fraîches. Il a beaucoup plu cet après-midi, comme vous le savez, et mes deux malades furent les seuls à me rendre visite. Il s'ensuivait donc que, pendant que je m'occupais de l'autre, l'homme de la salle d'attente était, pour une raison ignorée, monté à la chambre de mon malade à demeure. On n'avait touché à rien, on n'avait rien pris, mais les traces des pas prouvaient que cette visite d'un intrus était un fait indéniable.

« M. Blessington m'a paru plus surexcité à propos de cette affaire que je ne l'aurais cru possible, quoique, naturellement, c'en était assez pour troubler la tranquillité d'esprit de n'importe qui. Il s'est assis dans un fauteuil et s'est bel et bien mis à pleurer, et j'ai eu beaucoup de peine à le faire parler raisonnablement. Ce fut lui qui suggéra qu'il fallait que je vienne vous trouver et, naturellement, j'ai vu tout de suite la justesse de son idée, car, bien qu'il m'ait l'air d'en exagérer beaucoup l'importance, l'incident est certainement très singulier. Si seulement vous vouliez bien venir avec moi dans mon coupé, vous sauriez, du moins, calmer mon hôte, bien que je ne puisse guère espérer qu'il vous sera possible d'expliquer cet étrange événement. »

Sherlock Holmes avait écouté ce long récit avec une attention qui témoignait du vif intérêt qu'il éveillait en lui. Son visage était aussi impassible que jamais, mais ses paupières s'étaient abaissées plus lourdement sur ses yeux et la fumée montait de sa pipe en cercles plus épais, comme pour ponctuer plus fortement chaque épisode curieux du récit du docteur. Comme notre visiteur concluait, Sherlock se leva aussitôt sans mot dire ; il me passa mon chapeau, prit le sien sur la table et suivit le Dr Trevelyan à la porte. En moins d'un quart d'heure, celui-ci nous déposait devant sa demeure dans Brook Street. C'était l'une de ces maisons à façade plate et sombre que l'on associe à l'idée d'un médecin du West End. Un jeune domestique nous fit entrer et, tout de suite, nous prîmes un grand escalier recouvert d'un superbe tapis.

Mais soudain nous fûmes arrêtés net par une interruption singulière. La lumière du haut s'éteignit brusquement et, de l'obscurité, une voix sifflante et tremblante partit.

– J'ai un revolver ! criait-elle, et je vous donne ma parole que je fais feu si vous approchez.

– Vraiment, cela passe toutes les bornes, monsieur Blessington, s'exclama le Dr Trevelyan.

– Ah ! c'est donc vous, docteur ? dit la voix avec un grand soupir de soulagement. Mais il y a d'autres gens ; pour qui se donnent-ils ?

Nous eûmes conscience que, de l'obscurité, on nous examinait longuement.

– Oui ! oui ! ça va bien ! dit-on enfin. Vous pouvez monter, et je regrette que mes préoccupations vous aient ennuyés.

Ce disant, il refit la lumière dans l'escalier et nous vîmes devant nous un homme à l'air étrange dont l'aspect aussi bien que la voix trahissaient la tension nerveuse. Il était très gras, mais apparemment il avait, à un certain moment, été beaucoup plus gras encore, de sorte que sa peau pendait autour de son visage en poches flottantes comme les bajoues d'un lévrier. Son teint était maladif et ses cheveux, peu fournis et roux, semblaient se hérisser tant son émotion était grande. Il tenait à la main un revolver qu'il fourra dans sa poche quand nous nous avançâmes.

— Bonsoir, monsieur Holmes, dit-il, je vous assure que je vous suis fort obligé d'être venu ici. Personne n'a jamais eu plus besoin de vos conseils que moi. Je suppose que le Dr Trevelyan vous a parlé de cette injustifiable intrusion dans ma chambre ?

— Parfaitement, monsieur Blessington. Qui sont ces deux hommes et pourquoi désirent-ils vous molester ?

— Là ! là ! dit le malade nerveusement, c'est difficile de vous dire cela, naturellement. Vous ne pouvez guère compter que je vais vous répondre, monsieur Holmes.

— Voulez-vous dire que vous n'en savez rien ?

— Venez par ici, s'il vous plaît. Ayez simplement la bonté d'avancer par ici.

Il nous mena dans sa chambre à coucher, qui était grande et confortablement meublée.

— Vous voyez ça ? dit-il, nous montrant du doigt une grande boîte noire au pied de son lit. Je n'ai jamais été très riche, monsieur Holmes, je n'ai jamais fait qu'un seul placement d'argent dans ma vie, le Dr Trevelyan vous le dirait. Je n'ai jamais voulu me fier à un banquier. Entre nous, le peu que je possède est dans cette boîte, alors vous pouvez comprendre ce que cela signifie pour moi quand des gens inconnus forcent l'entrée de mon appartement.

Holmes le regarda de son air interrogateur et hocha la tête.

— Il n'y a pas possibilité pour moi de vous donner un conseil si vous essayez de me tromper, dit-il.

– Mais je vous ai tout dit.

Holmes tourna les talons avec un geste de dégoût.

– Bonne nuit, docteur, dit-il.

– Et pas un conseil pour moi ! s'écria Blessington, la voix brisée.

– Mon conseil pour vous, monsieur, c'est de dire la vérité.

Une minute plus tard, nous étions dans la rue en train de rentrer chez nous. Nous avions traversé Oxford Street et nous étions à mi-chemin de Harley Street, que je n'avais pas encore tiré un mot à mon compagnon ; à la fin il parla :

– Désolé de vous avoir emmené dans cette course stupide, dit-il. Pourtant, dans le fond, c'est une affaire intéressante.

– Je n'y peux rien démêler, ai-je confessé.

– Eh bien ! il est tout à fait évident qu'il y a deux individus – peut-être davantage, mais deux au moins – qui, pour une raison quelconque, sont résolus à joindre ce Blessington et qu'à la seconde occasion le jeune homme est entré chez lui pendant que son complice, par un stratagème ingénieux, empêchait le docteur d'intervenir.

– Et la catalepsie ?

– Une frauduleuse imitation, bien que je n'oserais point insinuer pareille chose devant notre spécialiste. C'est une maladie qu'on peut facilement imiter. Moi-même, je l'ai fait.

– Et alors ?

– Par le plus grand hasard, Blessington était sorti les deux fois. S'ils ont choisi une heure aussi peu ordinaire pour une consultation, c'était, évidemment, afin d'être sûrs qu'il n'y aurait pas d'autre malade dans la salle d'attente. Il s'est trouvé, pourtant, que cette heure a coïncidé avec la promenade hygiénique de Blessington, ce qui paraît indiquer qu'ils n'étaient pas très au courant de ses habitudes journalières. Naturellement, s'ils n'avaient voulu que le voler, ils auraient au moins essayé de trouver quelque chose. En outre, je lis dans les yeux d'un homme, quand c'est pour sa peau qu'il craint. Il est inconcevable que ce bonhomme ait pu, sans le savoir, se faire deux ennemis aussi vindicatifs que ceux-ci semblent l'être. Je suis donc à peu près certain qu'il sait parfaitement qui sont ces hommes et que, pour des raisons à lui, il ne le dit pas. Il se peut que demain le trouve d'humeur plus communicative.

– N'y a-t-il pas une alternative, ai-je suggéré, improbable et grotesque, sans doute, mais possible quand même, après tout ? Toute l'histoire de ce Russe avec sa catalepsie, et de son fils, ne pourrait-elle être une machination du Dr Trevelyan qui chercherait, pour ses propres fins, à pénétrer dans l'appartement de Blessington.

Sous la lumière du gaz, je vis que Holmes souriait d'un air amusé en m'entendant me lancer ainsi.

– Mon cher ami, ce fut là une des premières solutions qui s'offrirent à moi, mais je me suis vite trouvé en mesure de corroborer le récit du docteur. Le jeune homme a laissé sur le tapis de l'escalier des empreintes qui rendaient superflu pour moi de demander à voir celles qu'il avait faites dans la chambre. En outre, quand je vous aurai dit qu'il portait des souliers à bouts carrés et non à bouts pointus, comme ceux de Blessington, et que lesdits souliers sont d'un pouce un tiers plus longs que ceux du docteur, vous reconnaîtrez qu'il ne saurait y avoir de doute quant à sa personne. Mais nous pouvons dormir là-dessus maintenant, car je serais bien surpris s'il ne nous vient pas quelque chose de nouveau de Brook Street demain matin.

La prophétie de Sherlock Holmes s'accomplit bientôt et de dramatique façon. A 7 h 30, le lendemain matin, dans la première et vague lumière du jour, je le trouvai debout, en robe de chambre, près de mon lit.

– Il y a un coupé qui nous attend, Watson, dit-il.

– Qu'y a-t-il donc ?

– L'affaire de Brook Street.

– Des nouvelles fraîches ?

– Tragiques, mais ambiguës, dit-il en levant la jalousie. Regardez ceci – une feuille arrachée d'un carnet avec : Pour l'amour de Dieu, venez tout de suite. P. T. griffonné au crayon. Notre ami le docteur était dans un grand embarras quand il a écrit cela. Venez, mon cher, car c'est là un appel urgent.

Au bout d'un quart d'heure nous nous retrouvions chez le médecin. Il descendit en courant à notre rencontre, son visage était empreint d'horreur.

– Oh ! quelle affaire ! s'écria-t-il en portant les mains à ses tempes.

– Qu'y a-t-il donc ?

– Blessington s'est suicidé !

Holmes siffla.

– Oui, il s'est pendu pendant la nuit !

Nous étions entrés, et le docteur nous avait précédés dans ce qui était évidemment sa salle d'attente.

– C'est à peine si je sais ce que je fais, dit-il. La police est déjà là-haut. Ça m'a donné une secousse terrible.

– Quand l'avez-vous découvert ?

– Tous les matins, de bonne heure, on lui porte une tasse de thé. Quand la bonne est entrée, vers 7 heures, le malheureux était là, pendu au milieu de la chambre. Il avait accroché sa corde au crochet auquel pendait autrefois une lourde lampe et il avait pris son élan en montant sur la boîte même qu'il nous a montrée hier.

Holmes, pendant un moment, demeura profondément absorbé.

– Avec votre permission, dit-il enfin, j'aimerais aller là-haut pour étudier un peu cette affaire.

Nous sommes montés tous les deux, avec le docteur derrière nous. Un terrible spectacle s'offrit à nos yeux dès que nous eûmes franchi la porte de la chambre à coucher. J'ai parlé de l'impression de chairs flasques que donnait ce Blessington. Mais pendu à ce crochet, cette impression s'exagérait et s'intensifiait encore, à tel point qu'il n'avait que bien juste l'aspect d'un être humain. Le cou s'allongeait comme celui d'un poulet plumé, ce qui, par contraste, faisait paraître le reste du corps plus obèse et plus étrange. Il n'était vêtu que de sa longue chemise de nuit, au bas de laquelle ses chevilles enflées et ses pieds vulgaires pointaient fortement vers l'avant. Auprès du cadavre, un inspecteur de police, d'allure élégante, prenait des notes dans un carnet.

– Ah ! monsieur Holmes, dit-il quand mon ami entra. Je suis enchanté de vous voir.

– Bonjour, Launer. Vous ne me considérez pas comme un intrus, j'en suis sûr. Savez-vous quelque chose des événements qui ont amené cette affaire ?

– Oui, j'en connais quelques-uns.

– Vous êtes-vous formé une opinion ?

– Autant que je peux voir, c'est la peur qui a fait perdre la tête au bonhomme. Il s'est bien couché, vous le voyez. Voici, dans le lit, la place bien marquée de son corps. C'est vers 5 heures du matin, vous le savez, que les suicides sont les plus courants ! C'est vers cette heure-là qu'il s'est pendu. Il me semble que ç'a été de sa part une chose mûrement réfléchie.

– Je dirais, en effet, qu'il y a trois heures qu'il est mort, si j'en juge par la rigidité des muscles, dis-je.

– Rien remarqué de particulier dans la chambre ? demanda Holmes.

– Trouvé un tournevis et quelques vis sur le lavabo. Semble aussi avoir beaucoup fumé pendant la nuit. Voilà quatre bouts de cigares que j'ai ramassés dans l'âtre.

– Hum ! fit Holmes. Avez-vous son fume-cigare ?

– Non. Rien de ce genre.

– Son étui à cigares, alors ?

– Oui, il était dans la poche de son costume.

Holmes l'ouvrit et flaira l'unique cigare qu'il contenait.

– Oh ! ça, c'est un havane ; or, les autres sont de cette espèce particulière que les Hollandais importent de leurs colonies des Indes orientales. Ils sont, d'ordinaire, entourés de paille, comme vous le savez, et plus minces par rapport à leur longueur que ceux de n'importe quelle autre marque.

Il prit les quatre mégots et les examina avec sa loupe de poche.

– Deux ont été fumés avec un fume-cigare et deux sans. On en a coupé deux avec un couteau qui n'était pas très aiguisé, et d'excellentes dents ont mordu les bouts des deux autres. Ce n'est pas un suicide, monsieur Launer. C'est un assassinat, très habilement arrangé, et commis de sang-froid...

– Impossible ! s'écria l'inspecteur.

– Et pourquoi ?

– Pourquoi assassinerait-on un homme de façon si incommode, en le pendant ?

– C'est là ce qu'il nous faut découvrir.

– Comment ont-ils pu entrer ?

– Par la porte de devant.

– Elle était, ce matin, fermée au moyen d'une barre.

– Elle a été fermée après leur entrée.

– Comment le savez-vous ?

– J'ai vu leurs traces. Si vous m'excusez un moment, je serai en mesure de vous donner de plus amples renseignements à ce sujet.

Holmes retourna à la porte et, faisant jouer la serrure, il l'examina à sa façon méthodique. Il prit ensuite la clé qui était à l'intérieur et l'inspecta aussi. Successivement il examina le lit, le tapis, les chaises, le manteau de la cheminée, le cadavre et la corde et, enfin, se déclara satisfait ; avec mon aide et celle de l'inspecteur, il coupa la corde et dépendit le malheureux, qu'avec sollicitude il recouvrit d'un drap.

– D'où vient donc cette corde ? demanda-t-il.

– On l'a prélevée là-dessus, dit le Dr Trevelyan, en en tirant de dessous le lit un gros rouleau... Il avait une peur morbide et nerveuse du feu et il gardait toujours cela à sa portée, de façon à pouvoir s'échapper par la fenêtre au cas où l'escalier brûlerait.

– Cela leur a épargné la peine d'en apporter, dit Holmes, songeur. Oui, les faits véritables sont très clairs et je serais surpris si je ne pouvais, cet après-midi, vous fournir aussi les raisons. Je vais prendre cette photographie de Blessington qui est sur la cheminée ; elle pourra m'aider dans mes recherches.

– Mais vous ne nous avez rien dit ! s'exclama le docteur.

– Oh ! il ne saurait y avoir de doute sur l'enchaînement des événements. Il y en avait trois dans l'affaire : le jeune homme, le vieux, et un troisième sur l'identité duquel je n'ai aucun indice. Les deux premiers, j'ai à peine besoin de le mentionner, sont ceux-là mêmes qui se sont fait passer pour un comte russe et son fils ; nous sommes donc à même d'en donner un signalement complet. Ils ont été introduits par un complice à l'intérieur de la maison. Si j'ai un conseil à vous donner, inspecteur, ce serait d'arrêter ce jeune domestique qui, si j'ai bien compris, n'est entré que tout récemment à votre service, docteur ?

– Le petit vaurien, on ne peut le retrouver, dit le Dr Trevelyan ; la bonne et la cuisinière viennent de le chercher partout.

Holmes haussa les épaules.

– Il a joué dans ce drame un rôle qui est loin d'être sans importance, dit-il. Les trois hommes, après avoir monté l'escalier sur la pointe des pieds, le vieux d'abord, le jeune homme ensuite et l'inconnu à l'arrière...

– Mon cher Holmes ! me récriai-je.

– Oh ! cela ne saurait faire de doute, les empreintes supposées des pieds sont formelles. A cet égard j'étais documenté dès hier soir. Ils sont donc montés à la chambre de M. Blessington dont ils ont trouvé la porte fermée à clé. A l'aide d'un fil de fer, pourtant, ils ont repoussé le pêne. Même sans la lampe, vous verrez, par les égratignures sur la gâche, l'endroit où la pression a été exercée.

« Quand ils sont entrés dans la pièce, la première chose qu'ils firent fut, sans doute, de bâillonner M. Blessington. Peut-être dormait-il, peut-être la terreur l'a-t-elle paralysé au point qu'il fut incapable de crier. Ces murs sont épais et on peut concevoir que son cri, s'il a eu le temps d'en pousser un seul, ne fut pas entendu.

« Pour moi, il est évident qu'après s'être assurés de sa personne, ils ont tenu une sorte de conseil, quelque chose, sans doute, qui avait l'allure d'un jugement et qui dut durer quelque temps, car ce fut alors qu'on fuma les cigares. Le vieux était assis sur cette chaise en osier ; c'était lui qui se servait du porte-cigares, le plus jeune était assis là-bas, il faisait tomber sa cendre contre la commode. Le troisième individu allait et venait. Blessington, je crois, était assis, tout raide, sur son lit, mais de cela je ne saurais me dire absolument certain.

« Pour finir, ils ont saisi Blessington et l'ont pendu. La chose avait été si bien arrangée d'avance que j'ai la conviction qu'ils avaient apporté cette espèce de poulie pour remplacer éventuellement la potence. J'imagine que ce tournevis et ces vis étaient destinés à l'assujettir. Toutefois en voyant le crochet au plafond, ils ne se sont pas donné cette peine. Quand ils ont eu fini leur besogne, ils sont partis et la porte a été barricadée derrière eux par leur complice.

C'était avec le plus profond intérêt que nous avions écouté Holmes esquisser ce drame nocturne qu'il avait déduit de traces si subtiles, si menues que, même quand il nous les avait montrées, nous avions peine à le suivre dans ses raisonnements. L'inspecteur sortit aussitôt en toute hâte, pour rechercher le domestique, pendant que Holmes et moi nous rentrions déjeuner à Baker Street.

– Je reviendrai vers 3 heures, dit-il quand nous eûmes fini. L'inspecteur et le docteur nous retrouveront ici à cette heure-là, et j'espère qu'à ce moment-là j'aurai éclairci tout ce qu'il peut rester d'obscur dans cette affaire.

Nos visiteurs arrivèrent à l'heure fixée, mais il était 3 h 45 lorsque mon ami fit son apparition. Toutefois, rien qu'à son air, je vis, quand il entra, que tout avait marché à son gré.

– Rien de neuf, inspecteur ?

– Nous tenons le domestique.

– Excellent ! Moi, j'ai les hommes.

– Vous les avez !

Ce fut notre cri à tous les trois.

– Eh ! du moins je connais leur identité. Ce soi-disant Blessington est, comme je m'y attendais, bien connu à la direction de la police, et ses assassins le sont aussi. Ils s'appellent Briddle, Hayward et Moflat.

– La bande de la banque Workington ! s'écria l'inspecteur.

– Précisément.

– Alors Blessington devait être Sutton ? Tout cela devient maintenant clair comme de l'eau de roche ! dit l'inspecteur.

Mais Trevelyan et moi nous nous regardions, ahuris.

– Vous devez vous rappeler sûrement la grande affaire de la banque Workington, dit Holmes ; il y avait cinq hommes dans cette affaire ces quatre-ci et un cinquième nommé Cartwright. Tobin, le gardien, fut assassiné, et les voleurs prirent la fuite avec sept mille livres. Cela se passait en 1875. Ils furent arrêtés tous les cinq, mais les témoignages n'étaient nullement décisifs. Ce Blessington, ou Sutton, qui était le pire de la bande, se fit délateur. Ce fut sur son témoignage que Cartwright fut pendu et que les trois autres attrapèrent quinze ans chacun. Quand on les a relâchés, l'autre jour, quelques années avant qu'ils eussent purgé toute leur peine, ils ont entrepris, comme vous le voyez, de traquer le traître et de venger sur lui la mort de leur camarade. Deux fois ils ont essayé de le joindre, et ont échoué ; la troisième fois, ça n'a pas raté. Y a-t-il encore quelque chose que je puisse vous expliquer, docteur ?

– Je crois que vous avez admirablement tout éclairci, dit le docteur. Sans doute le jour où il était si agité était-il celui où il venait d'apprendre par les journaux la mise en liberté de ses complices ?

– Exactement. Son histoire de cambriolage n'était que poudre aux yeux.

– Mais pourquoi ne pouvait-il vous révéler ce qu'il en était ?

– Eh bien, mon cher, connaissant le caractère vindicatif de ses anciens associés, il a essayé de cacher à tout le monde sa propre identité aussi longtemps qu'il l'a pu. Son secret était un secret honteux et il ne pouvait se résoudre à le divulguer. Toutefois, tout misérable qu'il fût, il vivait encore sous le bouclier de la loi anglaise, et je ne doute pas, inspecteur, que vous ne vous rendiez compte que, si ce bouclier n'a pas réussi à le protéger, le glaive de la justice est toujours là pour la vengeance.

Telles furent les circonstances singulières de l'affaire du malade à demeure et du docteur de Brook Street. Depuis cette nuit-là, la police n'a plus jamais entendu parler des trois assassins, de sorte qu'on a supposé à Scotland Yard qu'ils se trouvaient parmi les passagers de l'infortuné North Creina, ce vapeur qui, il y a quelques années, se perdit corps et biens sur la côte portugaise, à quelques lieues au nord d'Oporto. L'instruction contre le domestique fut abandonnée, faute de preuves, et « le mystère de Brook Street », comme on l'a appelé, n'a jamais, jusqu'à présent, fait le sujet d'une étude complète imprimée et offerte au public.

Toutes les aventures de Sherlock Holmes

Liste des quatre romans et cinquante-six nouvelles qui constituent les aventures de Sherlock Holmes, publiées par Sir Arthur Conan Doyle entre 1887 et 1927.

Romans

* Une Étude en Rouge (novembre 1887)
* Le Signe des Quatre (février 1890)
* Le Chien des Baskerville (août 1901 à mai 1902)
* La Vallée de la Peur (sept 1914 à mai 1915)

Les Aventures de Sherlock Holmes

* Un Scandale en Bohême (juillet 1891)
* La Ligue des Rouquins (août 1891)
* Une Affaire d'Identité (septembre 1891)
* Le Mystère de Val Boscombe (octobre 1891)
* Les Cinq Pépins d'Orange (novembre 1891)
* L'Homme à la Lèvre Tordue (décembre 1891)
* L'Escarboucle Bleue (janvier 1892)
* Le Ruban Moucheté (février 1892)
* Le Pouce de l'Ingénieur (mars 1892)
* Un Aristocrate Célibataire (avril 1892)
* Le Diadème de Beryls (mai 1892)
* Les Hêtres Rouges (juin 1892)

Les Mémoires de Sherlock Holmes

* Flamme d'Argent (décembre 1892)
* La Boite en Carton (janvier 1893)
* La Figure Jaune (février 1893)
* L'Employé de l'Agent de Change (mars 1893)
* Le Gloria-Scott (avril 1893)
* Le Rituel des Musgrave (mai 1893)
* Les Propriétaires de Reigate (juin 1893)

* Le Tordu (juillet 1893)
* Le Pensionnaire en Traitement (août 1893)
* L'Interprète Grec (septembre 1893)
* Le Traité Naval (octobre / novembre 1893)
* Le Dernier Problème (décembre 1893)

Le Retour de Sherlock Holmes

* La Maison Vide (26 septembre 1903)
* L'Entrepreneur de Norwood (31 octobre 1903)
* Les Hommes Dansants (décembre 1903)
* La Cycliste Solitaire (26 décembre 1903)
* L'École du prieuré (30 janvier 1904)
* Peter le Noir (27 février 1904)
* Charles Auguste Milverton (26 mars 1904)
* Les Six Napoléons (30 avril 1904)
* Les Trois Étudiants (juin 1904)
* Le Pince-Nez en Or (juillet 1904)
* Un Trois-Quarts a été perdu (août 1904)
* Le Manoir de L'Abbaye (septembre 1904)
* La Deuxième Tâche (décembre 1904)

Son Dernier Coup d'Archet

* L'aventure de Wisteria Lodge (15 août 1908)
* Les Plans du Bruce-Partington (décembre 1908)
* Le Pied du Diable (décembre 1910)
* Le Cercle Rouge (mars/avril 1911)
* La Disparition de Lady Frances Carfax (décembre 1911)
* Le détective agonisant (22 novembre 1913)
* Son Dernier Coup d'Archet (septembre 1917)

Les Archives de Sherlock Holmes

* La Pierre de Mazarin (octobre 1921)
* Le Problème du Pont de Thor (février et mars 1922)
* L'Homme qui Grimpait (mars 1923)

* Le Vampire du Sussex (janvier 1924)
* Les Trois Garrideb (25 octobre 1924)
* L'Illustre Client (8 novembre 1924)
* Les Trois Pignons (18 septembre 1926)
* Le Soldat Blanchi (16 octobre 1926)
* La Crinière du Lion (27 novembre 1926)
* Le Marchand de Couleurs Retiré des Affaires (18 décembre. 1926)
* La Pensionnaire Voilée (22 janvier 1927)
* L'Aventure de Shoscombe Old Place (5 mars 1927)